रज़ा
पुस्तक माला

अँधेरे के रंग

कविता-संग्रह

रज़ा फ़ाउण्डेशन | THE RAZA FOUNDATION

अँधेरे के रंग

मुकुन्द लाठ

राजकमल प्रकाशन

रज़ा पुस्तक माला : कविता
प्रधान सम्पादक : अशोक वाजपेयी | सम्पादक : पीयूष दईया
राजकमल प्रकाशन प्रा.लि. और रज़ा फ़ाउण्डेशन का सह-प्रकाशन

ISBN : 978-93-88183-73-4

मूल्य : ₹495

पहला संस्करण : 2018

प्रकाशक : राजकमल प्रकाशन प्रा. लि.
1-बी, नेताजी सुभाष मार्ग, दरियागंज
नई दिल्ली-110 002

शाखाएँ : अशोक राजपथ, साइंस कॉलेज के सामने, पटना-800 006
पहली मंजिल, दरबारी बिल्डिंग, महात्मा गांधी मार्ग, इलाहाबाद-211 001
36 ए, शेक्सपियर सरणी, कोलकाता-700 017

वेबसाइट : www.rajkamalprakashan.com
ई-मेल : info@rajkamalprakashan.com

मुद्रक : यश प्रिंटोग्राफिक्स
नोएडा-201301 (उत्तर प्रदेश)

ANDHERE KE RANG
(Poems) by Mukund Lath

आमुख

कलाओं में भारतीय आधुनिकता के एक मूर्धन्य सैयद हैदर रज़ा एक अथक और अनोखे चित्रकार तो थे ही उनकी अन्य कलाओं में भी गहरी दिलचस्पी थी। विशेषत: कविता और विचार में। वे हिन्दी को अपनी मातृभाषा मानते थे और हालाँकि उनका फ्रेंच और अँग्रेज़ी का ज्ञान और उन पर अधिकार गहरा था, वे, फ्रांस में साठ वर्ष बिताने के बाद भी, हिन्दी में रमे रहे। यह आकस्मिक नहीं है कि अपने कला-जीवन के उत्तरार्द्ध में उनके सभी चित्रों के शीर्षक हिन्दी में होते थे। वे संसार के श्रेष्ठ चित्रकारों में, २०-२१वीं सदियों में, शायद अकेले हैं जिन्होंने अपने सौ से अधिक चित्रों में देवनागरी में संस्कृत, हिन्दी और उर्दू कविता में पंक्तियाँ अंकित कीं। बरसों तक मैं जब उनके साथ कुछ समय पेरिस में बिताने जाता था तो उनके इसरार पर अपने साथ नवप्रकाशित हिन्दी कविता की पुस्तकें ले जाता था : उनके पुस्तक-संग्रह में, जो अब दिल्ली स्थित रज़ा अभिलेखागार का एक हिस्सा है, हिन्दी कविता का एक बड़ा संग्रह शामिल था।

रज़ा की एक चिन्ता यह भी थी कि हिन्दी में कई विषयों में अच्छी पुस्तकों की कमी है। विशेषत: कलाओं और विचार आदि को लेकर। वे चाहते थे कि हमें कुछ पहल करना चाहिये। २०१६ में साढ़े चौरानवे वर्ष की आयु में उनकी मृत्यु के बाद रज़ा फ़ाउण्डेशन ने उनकी इच्छा का सम्मान करते हुए हिन्दी में कुछ नये क़िस्म की पुस्तकें प्रकाशित करने की पहल *रज़ा पुस्तक माला* के रूप में की है, जिनमें कुछ अप्राप्य पूर्व प्रकाशित पुस्तकों का पुनर्प्रकाशन भी शामिल है। उनमें गांधी, संस्कृति-

चिन्तन, संवाद, भारतीय भाषाओं से विशेषत: कला-चिन्तन के हिन्दी अनुवाद, कविता आदि की पुस्तकें शामिल की जा रही हैं। सभी पुस्तकों पर रज़ा साहब और उनके समकालीन मित्र चित्रकारों आदि की प्रतिकृतियाँ आवरणों पर होंगी।

मुकुन्द लाठ हमारे मूर्धन्य विचारकों और संगीतवेत्ताओं में से एक हैं। सुखद संयोग यह है कि उन्होंने कविताएँ भी लिखी हैं और वे अपने ढंग के अकेले कवि हैं। विस्मय की बात यह है कि उनकी कविता में संसार की पदार्थमयता और उनकी सहज वैचारिकता में न तो कोई अलगाव है और न ही एक का दूसरे पर कोई बोझ। वे अपने आसपास को जिस सजग संवेदनशीलता और नन्हीं सचाइयों में देख पाते हैं वह अनोखा गुण है। उनके अवलोकन में सूक्ष्मता है, उनकी अभिव्यक्ति में सफ़ाई है। वे मर्म के कवि हैं, किसी विचार के प्रवक्ता नहीं। उनकी कविता का वितान बड़ा है पर उनमें सहज विनय है, कोई महत्त्वाकांक्षा नहीं। वे सहज भाव से कह पाते हैं : 'उड़ना तो/चिड़िया से सीख लिया/अब तो आकाश कहाँ पूछता हूँ।' उनके अलावा हिन्दी में और कवि हैं जो कह सके 'है इन्हीं पत्तों में कहीं/ढूँढ़ना मत/पंख हूँ, आकाश है।'

रज़ा पुस्तक माला में अपनी आयु के आठवें दशक में लिखी गयीं एक कवि की इन कविताओं को हम सादर-सहर्ष प्रस्तुत कर रहे हैं।

अशोक वाजपेयी

अगस्त २०१८, नयी दिल्ली

क्रम

कुछ पुरानी फ़ाइल से

अँधेरे के रंग

तिनका

झील की
नि:शब्द भूमा पर
तिरा आकाश
तिनका गिरा

लय की
लहर जागी शून्य में
स्वर की
उभरती शिरा

मैं फिर गा उठा
तिनका उड़ा
आकाश

ऐन आर्बर, ८/७/२०१२

पास होता हूँ कहीं

कौन हूँ
कैसा, कहाँ हूँ?
सब किनारे साल की उस डाल पर
चुप जा टँगे हैं
जंगलों को कौन बूझे

गहराता है डूबता है निथर सन्नाटा
किसी निस्तब्ध में
डूबता तिरता उतरता हूँ वहीं

दूर जितना निकलता हूँ
और अपने पास होता हूँ
कहीं

ऐन आर्बर, १२/७/२०१२

तुम्हारा होना न–होना

तुम्हारा होना न–होना
आँख का हर छोर घेरे जागता है
छेड़ता है मुझे
आधी रात को

फिर सवेरे सवेरे
चुपके निकल जाता कहीं

१३/७/२०१२

कविता

व्यंजना की ललक में
कितने बटोरे शब्द
कविता
यहाँ तो आयी नहीं

किस आपको अब ढूँढ़ती
फिर खो गयी

ऐन आर्बर, २०/७/२०१२

महिषवर्णी अँधेरा

चाहता हूँ देखता हूँ
देवता के कृष्णवर्णी पाश में ओझल कहीं
दिख जाय खिड़की के किनारे
महिष का अवतार

मुड़ जाये इधर
अवसान का वाहन

उठा ले चले उर्वर पीठ पर
चुग रहे बगुले जहाँ विह्वल प्राण का हर कीट

दिखता नहीं है
पर आँख उसको जानती है
देखने की अनी भीतर
महिषवर्णी अँधेरा
आलोक की करता जुगाली

सींग से आकाश को करता किनारे
मुँह उठाये
आ रहा है

जयपुर, १८/१/२०१३

रगों में आकाश

साँस कुछ कहने लगी थी
लहू के आतुर खड़े थे बधिर बेकल कान

किसने सुना?

आप–डूबी चेतना का वृथा रीता चीत्कार
मुझे सुनने कहाँ देता?

वहीं करवट ले रहा था
अँगूठा मुँह में लिये
शिशु
धुले चिकने पात पर
सागर लहर की निरर्थक नाहक चलाचल बीच
नन्ही सी हँसी ने
रगों में दौड़ा दिया
आकाश

जयपुर, १५/२/२०१३

बिना बात

बात बिना बात बढ़ी जाती है
घूम घूम
कुण्डली पकाती है
डस लेगी

घूमती बगूले सी
उड़ा ले गिरायेगी
निकल चलो
जिस हवा में अटकी है
उसी में समायेगी

उधर परे झाँकोगे
साँस जहाँ उजली है
चमक रही हवा
आँख बिजली है
कौंध की अमोघ डाल
बात की कली है

निघर किधर
बेसुध फिर डोल गये ?

तीख़े से दुबक

यहाँ मीठे में बैठ गये
सपनों के झुरमुट में
दो पिशाच पैठ गये
धरती ही सारी तुम्हारी
उमेठ गये

बात इन्हीं घातों की ओट
गढ़ी जाती है
अपने ही काँटे पर
बेल चढ़ी जाती है

सारे किनारे उधेड़ चलो
आपे से उभर बात
घेरों को
डस लेगी
कहनी को कस लेगी
हवा में पराग तैर आया है
रस लेगी

बात बिना बात बढ़ी जाती है
घूम घूम
कुण्डली पकाती है

जयपुर, २६/२/२०१३

उतरी अघोर कली

रात के अँधेरे से
उतरी है कली
उसी पेड़ के सुनसान में
उभरा जो बिन उभार
काँटों की उजड़ी थकान में

औघड़ है
शून्य-पली
किरणों के तीख़े में नाचेगी
भाँप रही पूरी बुनावट आकाश-ढली
सूरज के धनुष तीर जाँचेगी

मैंने जो
आँख मली
देखा तो मज्जा की कालिख में
अँखुओं के नये पंख
धमनी की खिड़कियाँ हैं अनदिख में

चली चली
जंगम हुआ हूँ तना डाल पेड़
काँटों में पुलक जगी
बंजर में सागर से नदी छलक आयी है

सागर की ओर चली सब निबेड़

रात के अँधेरे से
उतरी अघोर कली
ठूँठे इस पेड़ के मसान में

जयपुर, ७/३/२०१३

यहीं इन्हीं साँसों में तीन–पाँच

पाँचों तो एक से हैं
तुम इन्हीं में तीन–पाँच
करते रहोगे भस्म होने तक?

पार उसी डाली से
उड़ गयी है चिड़िया, अपार के इरादे से
तुम यहीं फिरोगे रस्म होने तक?

मिटा है स्वप्न, स्वप्न ही तो था
चुपकारते हैं द्वार, हैं इसी इस्पात के भीतर
यहीं बैठे रहोगे फिर तिलस्म होने तक?

चली हवा, पहाड़ ले उड़ी है हाथों में
उड़े हैं रोम तुम्हारे, गड़े हैं पाँव क्यों पागल
किसे निहोरते हो? छद्म है, ठगे रहोगे छद्म होने तक?

जयपुर, २१/३/२०१३

बात / पर्वत

क्या उठा रहे हो
बात या पर्वत?

न बोलो
साँस कुछ कहने उठी है

आप ही पर्वत उठा है
बात कैसे उठाओगे?

कौन बोलेगा
उठी है, उठ रही है?

साँस फिर से
सो गयी थी

जयपुर, २४/४/२०१३

निरधार

पतवार पानी में
बहा दी

तरंगित वातुल उमगता
सोच बैठा

इन्हीं साँसों में
गगन-पंखी हवा है

ले मिलेगी
जहाँ सागर से मिला आकाश

उलझी घनी खरपतवार
पानी में बसी है

नाव के बस मैं
वहीं निरधार

जयपुर, २५/४/२०१३

दीप

वहीं तो
जिस झुटपुटे में आपको
पाया कभी
अब कौन है ?

पहचान क्या
जब देखना ही धुन्ध है

पर कौन आँखों की गुफा में
चुप खड़ा अनजान
मुझको, आपको, सबको
अतल तक जान लेना चाहता है

क्या कहोगे
अँधेरा ही प्राण है जब
उजालों का

लौ मगर क्यों जल रही है
शिला भीतर
अहल्या सी

कहीं मिट्टी ही हमारी
दीप है

जयपुर, ४/५/२०१३

चलते हो?

(१)

भेख है
जो पंख जैसा लगता है

मोह का पाखण्ड
अचल कर देगा

देखोगे
चलना ही भूल गये

(२)

जानता हूँ पंख पाँव
डरता पर उससे हूँ

बैठा जो निर्मोही
मोह के ठिकानों में

जहाँ भी निकलता है
वही रट लगाता है

यहाँ नहीं यहाँ नहीं
कहीं और जाना था

(३)

पूछूँ भी कैसे अब
कहाँ लिये जाता है ?

मेरा भी मन पागल
सदा बेठिकाना है

जयपुर, १५/५/२०१३

बस करो अब

बस करो अब
झूठ–सच की पींगों में
झूला आकाश लगा
औंधा है, गिर पड़ोगे

क्या करूँ मैं? धरती पर
जहाँ टूट बिखरूँगा
फिर वही आकाश ही समेटेगा
वही जो झुलाता है

विकट उलटबाँसी के फंदों में
साँस को मिला है छन्द
मिटता हूँ जहाँ वहीं
अनमिट आकाश लिये खुलता हूँ मुक्त–बंध

उन्हीं उन्हीं फंदों के
ऐन बीच

जयपुर, १७/५/२०१३

सन्न्यास

आपको ही
श्राद्ध में अपने बुलाऊँगा

किसी भी और से क्या काम

कहिये कहाँ होंगे आप
अपना लापता ही भेज दें

पर जानता हूँ
उसी घर तेवर पुराने आइने में
आ रहे दिख जाइयेगा

गाँव भीतर गाँव बाहर
गडारों की उन्हीं लीकों पर
लुढ़कता मिलेगा
फूटा घड़ा

जयपुर, १८/५/२०१३

मढ़ैया

वहीं साहस के किनारे
धमकती है साँस

अपने ही किनारे
टोहती है, टूटती है

फूटती है बुलबुलों की
हवा सी झीनी चमक में

मिट रहा आकाश भंगुर
नदी के आवेग में

उत्साह के तिनके
पकड़ता बह रहा मैं

धार भीतर छवा लूँगा
पाँच तिनकों की मढ़ैया

डूबती इन पाँच
साँसों के सहारे

जयपुर, ६/७/२०१३

यादृच्छिक

कौन सी अब दीक्षा देगा
अकारण यक्ष।

अतिथि यादृच्छिक
मुझे फिर ढूँढ़ता है। उसी का है घर

बिखरता धमनियों का व्यूह
धागा टूटता है

उखड़ता बुनकर
बुनेगा नया बीहड़

झाड़ के काँटों फँसा केंचुल
टँगी धरती टँगा आकाश

फन तोले दमकता नाग
लिपटा असम्भव की कलाई पर

दंश का अद्‌भुत अँधेरा घनाती
काँपी उजास

जयपर ७/८/२०१३

हवाई छेड़

पैरहन अपना बिछा कर
पड़ रहा जिस पेड़ नीचे
वहाँ नंगी डाल से उतरी
हवा पड़ गयी पीछे

'नींद सच्ची लो, अकारथ
जागते क्यों आँख मींचे,
कौन है क्या है, दिखे क्यों
दीठ यों नाहक उलीचे

तुम्हें छू कर कह रही हूँ'
हवा बोली; मैं पवन उन्चास खींचे
जिस हवा को साधता था
डाल पर उलटी लटक ली दाँत भींचे

कहा मैंने तमक कर, 'मत कर मकर
सब बन्द कर बेकार चीं चै
जल रही हर साँस भीतर
हवा हो, क्यों आग सींचे?'

हवा भीतर हवा बाहर

बाँधती अपनी हवा
मेरी अकल भी हो हवा
तो क्या दवा

जयपुर, ८/८/२०१३

क्यों हँसा गोरख

खण्डहर खड़ी चौखट
न भीतर घर, न पथ बाहर

कहाँ मैं पड़ा सूना

करुण है बेढ़ब हवा
ले चली, पर
आकांक्षा की कहाँ चौखट?
घर कहाँ बाहर कहाँ?

मैं चाह भीतर चाह बाहर
आ रहा जा रहा बेबस

नासमझ हँस पड़ा
गोरख

जयपुर, १६/८/२०१३

एक ही ठिकाना है

पेड़ तले
गठरी पर सर रक्खे
सोये ही अच्छे थे

जागने की अकथ माँग
औघट में
जागती है

आँख उठी
पाँव चले
गठरी सब बिखर गयी

फिसले तो
ठटरी भी छितर गयी
कौन अब बटोरेगा

बिखरे ही भले
मुँह जिधर भी करोगे
वहीं तार तार

चिकनी ढलानों में
देखोगे धार धार

टूटते उमड़ निकले

पानी का एक ही ठिकाना है
जा लोगे
साँस ढले

जयपुर, २८/१०/२०१३

अब हम छिहत्तर के हुए

अब हम छिहत्तर के हुए
पत्थर पड़ा उस अक्ल पर
जिस पर कभी
उस पार की
उड़ती हवा का हाथ
डैने जगाता था

नाचती लौ में
पिघलता मन
रसातल की ठिरी चट्टान थामे
लहराता गाता निकलता था कहीं
स्वच्छन्दचारी
बूँद में आकाश गंगा की
तमक

अब हड्डियों का हिम
लहू में थमकता है
पुरानी ठिठुरी नदी की
स्थाणु ठिठकी शिला ऊपर
विगत के घड़ियाल हो
लो धूप सेको

निदिध्यासन की घड़ी है
स्तब्ध हो
मज्जा शिला भीतर उतरती
गुनगुनाती सुन रहेगी
गह्वरों में गूँजती है
प्रलय सागर की सनातन
मूर्छना

जयपुर, २९/११/२०१३

विक्षेप का वलय

हाथ अपनी–सी कहीं कुछ कर रहा है।
पाँव बेकल देह से ही निकल चलने की डगर
फिर तिलमिलाता ढूँढ़ता है।

उचट ताण्डव की घड़ी है।
अटपटे किस प्रलय का है अंगहार!

मैं अलग ही केंचुली, निचुड़ा पड़ा हूँ।
खोखला हूँ। बिखरता हूँ। फैलता हूँ।
नाच में।
मेरी उखड़ती साँस
चढ़ते नाच का उच्छवास है।
आकाश पूरा कर रहा मैं नाच का।

विक्षेप की अनबूझ लीला नयी मुद्रा ले बढ़ी है
अंग जितना टूटता है अंग से
विस्तार उतना गुँथ खिला है
वलय का

जयपुर, २७/१२/२०१३

बात अनबनती बनी

बात का
बनना न–बनना एक है

पिछला किनारा ढूँढ़ते हो
वही आगे भी खड़ा है

मुँह चिढ़ाता मोहता
बहरूप अनदिख

नचाता आकाश को
चकडोर बाँधे

शून्य के सौ छलावों में
आँख भीतर तडित् जागी

नाव बह निकली जहाँ
चमका किनारा

बात अनबनती बनी तिरछे खरे नयनों
तुम्हें ही जोहती है

जयपुर, ११/१/२०१४

भंग

टूटने में फिर वही विन्यास है
जाना पुराना अत्रुटित

क्यों बन रहे हो?

टूटने का अतल
लहरों का नहीं है
भंग

मिटना है निरन्तर
अँधेरे के रंग

शान्तिनिकेतन, २२/१/२०१४

बैठने दो

बैठने के रास्ते मैं ढूँढता
चलता गया

उठ-बैठने से दूर
पगडण्डी चली

नक्षत्र तारों बीच
चलता पाँव पगडण्डी ढला

ढलता चला
चलता गया

आकाश ऊपर एक तारा
सदा सोता हँस रहा है

ढुला सपने में खुला
मेरी सदाजागी निशाचर आँख

चलती है पुतलियों में
नींदप्यासी भटकती है

आँख में तारा बिठा लूँ आँखतारा

नींद उसकी जाग लूँगा

शून्य से सम्बल पुराना माँग लूँगा
बैठने तो दो उसे

शान्तिनिकेतन, २५/१/२०१४

पोड़ा माटी का मन्दिर, सुपुर, बीरभूम

(मन्दिर सड़क के ऊपर ही है)

मूरत जगी

जिस दूध का जैसा दही
अठखेल करती
हम आप
पी सकते नहीं

जो पियेगा
मुँह में लिये माटी
—हमारी आपकी सबकी
किलकता है उधर
ओझल कहीं

शान्तिनिकेतन, २७/१/२०१४

सहमा मैं यम को थामे हूँ

धारा से लिपटा निराधार
अपने ही शव से चिपका मैं
निचले, अपने ही पानी में
ढहता अथाह

शव-बिंधा काँपता
डर का घर
पीपल का पत्ता आँधी में
आँखें थरथर

जाने कैसा आतंक लिये
सहमा, यम को ही थामे हूँ

जयपुर, २४/२/२०१४

चुपके से दुर्निवार

चुपके से दुर्निवार
भारी उस लकड़ी का द्वार बन्द होता है

मैं किधर हूँ?

बाहर हूँ बंधमुक्त
सूखे में खो गया हूँ

भीतर आहारलिप्त
भटकी है भूख

बँटी है रगरग में चाह
खुली गीध की है चोंच

टूट टूट कर बरसती है
मेरी हर पेशी पर

जहाँ एक होती है

जयपुर, २५/२/२०१४

कैसी है भूख आज

अपने ही धागों में
लिपट गया
कैसी है भूख आज
मकड़े की

जयपुर, ८/३/२०१४

लपक गयी

मेरी तो चाह भी न पहुँच सकी
चिड़िया की चोंच
लपक ले गयी
फल

जयपुर, ८/३/२०१४

ध्यान

कहते तो होंगे कुछ
बातों की लड़ी फूट निकली है
मेरा पर ध्यान
उनकी आँखों में चमक रहा

जयपुर, ८/३/२०१४

नौ दो ग्यारह

पूरे दस रास्ते थे
कहने के
कहना नौ दो ग्यारह

जयपुर, ८/३/२०१४

पुण्य भी कमा लोगे

मन उठाइगीरा है
आज क्या उठा लाया
समझ नहीं आता, पर
इठलाता गाता है

घड़ी दो घड़ी भर में
फेर निकल जायेगा
गाँठ उभर आयेगी
पाप ही भुनाता है

फीकों की हाट थकी बैठी है
नदी वहाँ लहराई
पानी का पानिप उठा लोगे?
अनमोला जाता है

मनचाहा पा लोगे
पुण्य भी कमा लोगे

(पुण्य का है शोभा से मेल अगर)

जयपुर, १८/३/२०१४

मरजीया

गहरा ही होगा
होगा ही
पर पानी की तो
बूँद नहीं

मरजीया सागर को तरसा

रुक रहे साँस
मोती तो हो
अँधे अथाह का
क्या कर लो

दिल्ली, २९/३/२०१४

किनारा

उधर
इस तीख़ी अँधेरी भीड़ का
देखो किनारा
वहीं भीतर से उड़ी नन्ही सजग
चिड़िया अकेली
तोलती आकाश
देती शून्य को गन्तव्य

जयपुर, ? पुरानी है, *गौडवहो* के समय की ?

पानी

पहाड़ों का ह्रद
समाधि शान्त शाश्वत
सामने था

तड़प कर मैंने लगा दी
काँपती उतली छलाँग

झेलता क्यों पहाड़ों का हृदय
छिछले ढीठपन को

फिर वहीं हूँ वहीं हूँ मैं
घेरती चट्टान की अँकवार में

पर अब आँखों के पानी में
ह्रद भी पसीज
भर आया है

जयपुर, ४/४/२०१४

हवा चली

पतझर की हवा चली
नाचते गिरोगे
आज

जयपुर, ९/४/२०१४

बैठे रहो

रास्ता नहीं रुकता
तुम तो
पास बैठे रहो

जयपुर, ९/४/२०१४

कास

मैं यहाँ उदास
वहाँ खिल रहे हैं कास
झूमते हैं ढीठ

जयपुर, ९/४/२०१३

पूछोगे

भीतर जासूस खड़ा
भाँप रहा

पूछोगे क्या देखा

तुम से कुछ
कह भी दे

मुझमें है
मुझसे पराया है

जयपुर, ११/४/२०१४

उड़ क्यों गयी ?

प्यार से मैं देख रहा
उसने भी देखा
तो उड़ क्यों गयी ?

जयपुर, १५/४/२०१४

निवाला

कौवे की आँखों में
मैं ही था
मेरा निवाला था

जयपुर, १५/४/२०१४

अब तो

उड़ना तो
चिड़िया से सीख लिया
अब तो आकाश कहाँ पूछता हूँ

जयपुर, १५/४/२०१४

देखा तो

तुम को जो देखा तो
मुझ पर भी
कोंपल उग आयी है

जयपुर, १५/४/२०१४

उसी धार

चुप भी रहोगे तो
सुन लूँगा
उसी धार बैठा हूँ

जयपुर, १५/४/२०१४

थम गयी

दोनों चुप हो गये हैं
घास के दो फुरफराते फूल
हवा थम गयी है

जयपुर, १६/४/२०१४

जहाँ मैं

तुम वहीं तो बैठे थे
जहाँ मैं
रास्ता भूला

जयपुर, १६/४/२०१४

बूँद

बूँद में था
चाँद
टप से गिरी

जयपुर, २७/४/२०१४

वही मच्छर

मैं अकेला हूँ
यहाँ
और वही मच्छर

जयपुर, २७/४/२०१४

बाहर बुलाती है

हवा ने
आँगन बुहारा
मुझे बाहर बुलाती है

जयपुर, २७/४/२०१४

ले उड़ी है

घर किया मिट्टी
हवा ने
तुम्हें बाहर ले उड़ी है

जयपुर, २७/४/२०१४

झींखता हूँ

झींख रहा मैं
'कौवे' 'कौवे'
तीख़ी किसकी काँव काँव है!

जयपुर, २७/४/२०१४

क्या हुआ

क्या हुआ?
नीचे गिरा
मेरा मुखौटा

जयपुर, २७/४/२०१४

तुम कहाँ हो ?

कह रहे अपनी
कहानी
तुम कहाँ हो ?

जयपुर, २७/४/२०१४

पूछ देखो

रूप क्या है हवा का?
हँस नाच रहे कास
उन्हें पूछ देखो

जयपुर, २/५/२०१४

इशारा

बजूके ने
क्या इशारा किया
कौआ आ डटा है

जयपुर, २/५/२०१४

खरपतवार

आप ही खिल उठा क्यारी में तुम्हारी
कहो 'खरपतवार'
भँवरा तो वहीं मँडरा रहा

जयपुर, ७/५/२०१४

कहीं भी

कहीं भी कचरा गिरा दो
सब कहीं घिर गया
घूरा

जयपुर, ७/५/२०१४

कब तक

कोख में
कब तक रहेगा
सीझता ज्वालामुखी

जयपुर, ७/५/२०१४

अवतार

दो दिन इधर दो दिन उधर
दो युग इधर दो युग उधर
कैसा समय का पहाड़ा
जब समय आता ही नहीं

जयपुर, ७/५/२०१४

भौचक देखता हूँ

सुर जहाँ सीधा लगा है
वहीं हो तुम
वही हो।
कब तक रहोगे?

साँस का विक्षेप
असमंजस हवा की कोर
भँवरे को उड़ा ले गयी
किस आकाश के कचनार

की दे डोर। भौचक देखता हूँ
मोह की इन वीथियों में
सुर वही है
हृदय के आकाश में है मौन

खिलता ही रहा कचनार
करता शून्य के हर किनारे को वर्णगंधी
जगा सुर के हृदय में
उन्मेष का
संकल्प

जयपुर, ७/५/२०१४

विश्वरूप दर्शन

क्या जन्म भी कोई हुआ
क्या थी घड़ी क्या मुहूरत?

तो जन्म की क्या कुण्डली
संसार की?

लेकिन यहाँ
हम सब खरे हैं ज्योतिषी
पूरी कहानी कह रहे
विद्या हमारी अजन्मा
संसार सी

जयपुर, ७/५/२०१४

घोड़ा जो मुझमें भटक गया

जा रहा था
कौन था ?
मैं था   लगा

घोड़ा उधर से आ रहा था
अलस बेमन
नीचे मुँह
बौना था काला-सा   मुड़ लिया

दोनों जा रहे हैं   कहाँ ?
चौड़ी है सड़क
जाती कहीं भी नहीं

सपना था   गया
जाते जहाँ भी स्वप्न
मैं फिर यहीं हूँ
क्या वही हूँ जो वहाँ था ?
पर हूँ सही

घोड़ा मगर ?
घोड़ा बिचारा मलिन मुँह-लटका उदास
घोड़ा कहाँ ?

किस देवता के घर कहीं
भटके तुरग का थान!

जयपुर, ९/५/२०१४

उत्कर्ण

गाँव बाहर खार भीतर
खोखले उपले पड़े

जिन हड्डियों में
चर रहीं दो बकरियाँ
हैं उन्हीं की
रूखी हवा को घूरता
खप्पर पड़ा
जर्जर कपाल

सुनी किसकी यहाँ आहट
आ खड़ा हूँ

जयपुर, १३/५/२०१४

पागल हवा का गीत

(१)

चाहता क्या हूँ
मुझे चुपके बता दो

कहीं तो मेरी स्पृहा
की डाल होगी

नीड़ की होगी कहीं
सम्भावना छतनार

(२)

लेकिन मुझे क्या
मैं चुग रहा दाने

समझ के कहीं बाहर
शृंखला बिखरी, उसीं के कण

(३)

न जाने चाहती क्या है
क्षणों की वासना मुझ से

बटोरा जा रहा बिखरा
बिखरने के लिये

किस कामना की डोर
मुझमें टूटती है सनातन

पागल हवाओ में
उड़ाती है मुझे

झकझोरती है
किस सबब?

(४)

देती मगर आकाश का आस्वाद
अनचाही ठुनुक में

मैं यहाँ छलनी हुआ ही उड़ूँ
मुझको थाम रखना, हवा

जयपुर, १४/५/२०१४

आवर्त पुनरावर्त

गिलहरी
उस एक लय में
फिर वही यायावरी कर रही है
किटकिट किटट
किटकिट किटट

बैसाख की इस मौलश्री को
घेरती है
रुक–गयी–सी गंध

मैं अपनी कलाई की घड़ी
दोहरा रहा दोहरा रहा
आवर्त पुनरावर्त
टिक टिक टिकट
टिक टिक टिकट

बरबस घूमता है घूमता
आकाश भी
निश्छन्द लय में घूमता
बोझिल रहट
खक्खड़ रहट

जयपुर, २९/५/२०१४

तले पानी है अथाह

डूबते की शिखा
किसकी मुट्ठियों में?

चाह क्या है?
तले पानी है अथाह

कलेवर के घाट बहता लहू
नीचे उतरना ही जानता है

उँगलियाँ ऊपर उठी हैं, उबारेंगी
फिर वही होगा उतरता घाट

कस रही है अभीप्सा की गाँठ
उससे उबर देखो

उतर देखो प्राण के उद्वेगजल में
जागती वडवाशिखा की लौ

सदा सूरजमुखी है
डूबता ही तिर रहा

आलोकजीवी मरजिया
आकाश में

जयपुर, ३/६/२०१४

निःस्व

आँख में जो नाचती है
स्वैरिणी छाया

अँधेरे में उधर
फिर खींच ले जाती मुझे

दुःस्वप्न सी अनिवार
अपना भार कंधों पर उठाये

प्यास की अक्षम अवश काया
चली है लड़खड़ाती

अचल मुद्रा में
थिरकता ठिठकता हूँ मैं निढाल

पुतलियों की नींद में ही जागता
मैं छलावा हूँ

किसे धोखा दे रहा हूँ
दूसरा कोई नहीं

अपना पराया हो गया
मैं निःस्व हूँ

मैं छिद्र अपनी वंचना का
शून्य हूँ साकार

जयपुर, १५/६/२०१४

मेरी ठाँव

हाँ, खदेड़ा जा रहा हूँ
लटपटाते पाँव
कहते हैं उभड़

कैसे कहाँ आया फटक
मैं
कौन से अनजान घर
मेरा नहीं होना
जहाँ की देहरी का
सत्य है

पर
यहीं का अश्वत्थ हूँ
हर डाल मेरी जानती है
इसी आँगन छाँह करती
उमहती, बीहड़ हवा को छानती है

जड़, उखड़ उलटी टँगी
औंधा किया आकाश ने
मैं अध:शाखी हूँ अधर

होना कहाँ मैं कहाँ

मेरी ठाँव मुझमें है
न मुझ बाहर

जयपुर, ३०/६/२०१४

अखरता है

खल रहा
वंध्या हवा में
साँस का निर्बीज आना
निकल जाना

हाट में फिर उन्हीं पहचाने
मुखौटों का अपूता
लेनदेन

अखरता है
पर यहीं का हूँ किरानी
दिखे थोड़ा भी खरा
किरकिरा जाती आँख

उर्वर किरण की उन्निद्र मुद्रा
बुलावा देती कभी
पर इसी आढ़त से
बँधे हैं पाँव

मेरी चाकरी की रीढ़
का है यही मूलाधार
ऊपर धूल का है चक्र

नीचे कुण्डली का
उनींदा है
फन

जयपुर, ७/७/२०१४

पुकार

निरवरत वाचाल
मेरी देह।
कहनी कौन उसकी
समझता है?

कूक सी,
यों-ही-उठी-सी हूक सी
करवट बदलती फिर उठी।
फिर उसी कोलाहल बिफरती
घुट गयी।

मैं अचम्भा ही हूँ,
खड़ा सुन रहा कब से
समझ कितनी भी निरी
नाकाम।

मेरे कान, मेरा हृदय
उस गुंजार में ही
जागते हैं,
पकड़ लेना चाहते हैं सुर,
अगम संगीत।

मेरी पैठ तिल भी नहीं।

सुनते रहो,
चुप की सदा में फिर सुनो—
सुर की खरज
उजला उतरता है
समझ की मिटती बुझी-सी
ज्योति में।

यम की विषम
ड्यौढ़ी तले
रग रग जगा आलाप।
अनुरत लास का
आह्वान है।

जयपुर, ३१/७/२०१४

सेतु भंग

पिछले सभी पुल
टूट कर
रौरव नदी में
बह गये

मैं निगलती उन्मद
लहर को चूमता
क्या किनारे हूँ
या नदी के वक्ष पर ?

इस टोह से क्या ?
विकट क्षण का लास्य उद्‌भट
फिर तुम्हारे बेकिनारे
बहा लाया

कहीं भी तो नहीं हूँ
मैं टूटते
पुल पर खड़ा हूँ
वहीं का हूँ

जयपुर, २/८/२०१४

एकचक्षु

फूटी आँख
काना
देखता ही उधर है
कुछ भी नहीं दिखता
जिधर
जो दिख रहा है
क्या देखना
उस तिमिर का

जयपुर, २/८/२०१४

आक्रान्त

घड़ी भर को
बुड्ढा
अगर नाच लेगा

न धरती हिलेगी
न यम का हिलेगा
पुराना सिंहासन

हवाओं में चौंकेगी
सहमेगी डूबेगी
आक्रान्त सिहरन

उठेगी अकिंचन
मिटेगी उसी क्षण

चटकते-से ठुमके में
तिड़केगा नादान
टूटेगा धन धन

घड़ी भर को
बुड्ढा
अगर नाच लेगा

घड़ी भर को भरमेगा
सींचा है तनमन

जयपुर, ५/८/२०१४

आपा

भीतर ही भीतर
सीढ़ियाँ बुनती उतरती चाह बेकल
खो रही आपा

बुलाता हूँ जिसे
आ ही गया
तो कौन भेंटेगा

तुम्हारा अंक तुमसे
विकल होता जा रहा
किसके मिलन की तृषा

आलिंगन किसे
देने चली है
दूर तुमसे

चाह परकीया तुम्हारी
तुम कहाँ किससे मिलोगे
किस मिलन

जयपुर, ७/८/२०१४

सूखे पेड़ का आह्लाद

शब्द नि:स्वन।
सूखतीं ऐंठी पुरानी जड़ों ऊपर
(तुम्हारी ही जड़ों ऊपर)
अर्थ–प्यासे अक्षरों में
बिखरते हैं नाद–खोये वर्ण।
ऐऔङ्

उड़ गयी है पक्षियों के साथ ही
आकाश पृथ्वी की गुहाहित
वाक्।
पेड़ का खण्डहर खड़ा है।

पर हवा उन्मत्त
छूछी इन्हीं डालों टहनियों में पा गयी है
अकथ का आकाश
पृथ्वी
नाच के आह्लाद में उत्तुंग है।
ता थोंगा। ता ता थोंग

जयपुर, १६/८/२०१४

कजला नीलकण्ठ

डाल तक आयी, मुड़ी
उड़ गयी चिड़िया

पेड़ हूँ मैं
पेड़ हो पाया नहीं

उस गीध को
दिख गया मेरा सत्त्व

सीधा आ रहा है
यहीं है उसकी निरानी आँख

पृथ्वी में जड़ों की टोह
गह्वर खो गयी

जिस विवर भीतर
ध्वंसिनी की आँख अंधी

उत्स तक उतरी
हलाहल में तिरी

मैं फुनगियों तक हिम हुआ

ठहरा उसी की दीठ

क्यों पर मुमूर्षा के स्पन्द में है
पेड़ होने की टसक

उड़ता इधर आ रहा कजला
नीलकण्ठ

जयपुर, २८/८/२०१४

बूँद की पानी–जगी लौ

कौन है
छलका नदी के
सजल तट पर

डूबता घुल
नदी की भँवरी गुफा में
बेसहारे

लौ लिये अनबूझ
पानी में अगन
पानी सँवारे

खुल रहा है
किनारे का बंध अद्‌भुत
किस किनारे

कल्पना की नाव
लहरों में लहर
आपा बिसारे

मैं जहाँ भी हूँ, नहीं हूँ

बूँद पर जागी कहीं
मुझ को चितारे

जयपुर, ५/९/२०१४

स्वर्गकामा हि मानवाः

सभा को थर्रा रहा
उद्घोष
कहता कुछ नहीं

आकांक्षा की टीप
में ही है
हमारा स्वर्ग

आदिम नाम के
किस एक फन से दूसरे फन
बिछलती धरती

मचलते स्वप्न के
माया क्षितिज पर
पा गयी बैकुण्ठ

जयपुर, १०/९/२०१४

तमाशा

देखने के पाँच सौ हैं
दाँव-पेंच
दिखाने के और भी
सौ पाँच होंगे

देखने का तुम तमाशा
दिखाते हो
पर तुम्हें कोई कहे, चल, देख लूँगा
किस डगर की राह लोगे

तमाशे के दूसरे हैं
दाँव-पेंच
चाह की सौ जेब, किसमें
हाथ दोगे

इन्द्र की निथरी सभा से
परी लाये, नाचती है स्निग्ध संवृत सुलक्षण
पर आँख का मन उधर छप्पन छुरी के तन
तमाशा बन देख लोगे, क्या करोगे

जयपुर, १३/९/२०१४

उलटबाँसी का विवर

चल निकल ही पड़े हो
तो पूछना क्या
कौन है किस पाँव पथ
क्यों चल पड़ा

जिस अचल नगरी की
चलाचल से चले, क्यों
वहीं बैठे हो सयाने
पूछते हो

उलटबाँसी में हवा ने
विवर डाला
काँपती विह्वल वहीं
सुर जगाती है
बुलाती है, चलो
चंचल प्रश्न ही गाते चलो
जा पूछ लेना
जो मिले बाहर हवा

मैं अटकलों में
घूमता ही घूमता

किन बगूलों में आ गया
सब उड़न छू

जयपुर, २५/९/२०१४

मैं अचल भगोड़ा हूँ

सुख दुख
बिछलते हैं
गडमड गलियारों में
इस घर से उस सूने
बेघर निकलते हैं

कैसा भगोड़ा हूँ?
वहीं खड़ा रहता हूँ
एक ही निवाले में
मुझको निगलते हैं

कहाँ थी सुरंग
मैं समा गया हूँ
मेरे ही पाँवों की मज्जा में
दौड़ रही बहक रही
पाँव नहीं चलते हैं

बीते अनबीते
दिन रातों की राख
यहाँ बिखरी है
साँसों के पँख उसे
झलते हैं

भीतर ही भीतर
उतर गयी है
पैठ गयी

हाथ पाँव नखशिख
के रोम रोम
राख ही उगलते हैं

जयपुर, ३/१०/२०१४

रह गये

वहीं बैठा रह गया हूँ

बवण्डर की नाभि ऊपर
पद्‌म की छाया अनोखी
उभर आयी
सो गयी थी आँख

उठ जागी : परिव्राजक चलो
मिथ्या पुरी के द्वार टूटे स्वप्न हैं
निकलो, तुम्हारा सत्य
निर्ऋत हवाओं में सृष्टिकामी

छेड़ता है मृत्यु की हिम शिराओं को
टेरता है शून्य के नेपथ्य से
उत्कण्ठ
उत्क्रामी

हृदय का बीज
अंकुर की शिखा से दृप्त है
तुम वृक्ष हो
आकाश में है जड़

तुम्हारी फुनगियों से
फूटती है
क्षितिज की कोंपल
उमग उद्धत हवा दुलरा गयी

तुम वहीं बैठे रह गये

क्यों ?

जयपुर, २३/१२/२०१४

छलावों का चस्का नहीं छूटता है

न ढाँचा न ढर्रा है
बेढब निरा है
सँभालो इसे
आँच लगने न पाये

निभालो इसे
छब अजानी अनाविल
पुरानी उकटने का
कब काम क्या है ?

तुम्हारा नहीं है
तुम्हीं हो समूचे
जहाँ उठ खड़े हो
वहीं डट अड़ा है

कहाँ चल पड़े हो ?
छलावों का चस्का
नहीं छूटता है
लहू में जड़ा है

बचाना इसे
तुम अचम्भे हो पूरे

इसी में खरे हो
यही गूदड़ा है

जयपुर, ३०/१२/२०१४

चलाचल के दाँव

मेरे नहीं हैं
पाँव

क्या चाहा?
उठाई डीठ
चल निकले कहीं
किस कुछ नहीं की
ठाँव

मेरे देखते ही देखते
मैं अचल बैठा
चढ़ गया
किस चलाचल के
दाँव

कैसे
अचरजों की नाव
लहरों में बिखरती
नदी होती जा रही
मैं तीर बैठा
छाँव

ऊपर पेड़ पर
फिर झींखती
जागी अचानक
पाँच कौवों की पुरानी
काँव

जयपुर, ११/३/२०१५

बौना तुम्हारा अँधेरा

सूरज!
यहीं कहीं होगा

करोगे क्या?
सहेजोगे कहाँ?

ओछा
तुम्हारा अँधेरा

जिस बन्द मुट्ठी में
घिरा

जब सूम की है
गाँठ

जयपुर, २१/३/२०१५

पत्ते सी पलट गयी

सघन विजन
वन के मन
कहीं डाल काँप गयी

पत्ते सी पलट गयी पुतली
अँधेरे की चौखट को
नाप गयी

२०१०

कहाँ उठ जाना कहीं

कहीं कूक उठती है।

भीतर है बाहर है
कौन कहे ?

उठती है।

मुझे क्यों उठाती है ?

प्यास, चलो, अच्छी है
लेकिन अनजान की हो
तो सदा की निर्जला
है

कहाँ उठ जाना कहीं
उसके लिये ?

जयपुर, २२/३/२०१५

डंके की चोट

(१)

एक दिवस
डंका बजा कर ले आऊँगा

देख लूँगा
कौन मुझे रोकता है!

फिर चाह का
ठिकाना क्या?

(न भी रहे)

(२)

तब तक इस बेसँभाल
डंके का

क्या करोगो?
डोलोगे गले बाँध?

जयपुर, २५/३/२०१५

टुकुर क्या ताकते हो

चरम शय्या
जब सुला आये
कलेवर

सिरहाने बैठे
टुकुर
क्या ताकते हो

जयपुर, २५/३/२०१५

ले उड़ा है

मैं तुम्हारी डाल पर ही
नीड़ का
करता उपक्रम

पर कहाँ
आकाश का उन्माद
बरबस ले उड़ा है

उड़ चला है पेड़
पत्ते में बिखरता
नीड़ हूँ

जयपुर, ३१/३/२०१५

मुखड़ा तुम्हारा / निशाना

तीर का फाल
तीख़ी धार
प्यासा नोक का पानी

चमकता है
समर के सूर्य में

दगदग दमकता है
जहाँ
मुखड़ा तुम्हारा

तीर का किस पर
निशाना?

जपयुर १/४/२०१५

जा रहे हैं आ रहे हैं

दिन
निकलते जा रहे हैं
दूर
मुझसे दूर
चलते जा रहे हैं

इधर मैं
पीछे
पुराने नीम
के नीचे
थका हूँ

जड़ों पर सिर धरे
ऊपर
बादलों को देखता हूँ

दूर
निकले जा रहे हैं
ना
इधर ही
पास मेरे आ रहे हैं

जयपुर, ५/४/२०१५

अँधेरे की पकड़

समझ ने अच्छी पकड़ दी

अँधेरे को एक जुगनू दिखाता
ज्यों दिखा
मैं पीछे चला

अब दिखाता है
बन्द मुट्ठी की
पकड़

जयपुर, ९/४/२०१५

अभीप्सा का छन्द उर्वर

डाल
जिस पर आ टिका हूँ
इसी में है
निखिल जगती का वनस्थल

उड़ चले हैं पंख

भीतर अभीप्सा का छन्द उर्वर
ले रहेगा
पंख में आकाश के उस पार
इस आकाश के पर खोलता
आकाश

२०११(?) | १०/०४/२०१५

बेघर को सींचता है

कैसी उत्कण्ठा का बीज
यहाँ घर भीतर
आ टपका

बरगद सा

भित्तियों के भीतर से
छत पर चढ़
नींव उतर

बाँहों में सारा घर
घेरता बिखेरता है

घर ही तुम्हारा
इस बेघर को
घर देता
सींचता है

जयपुर, १३/४/२०१५

बुनता हूँ

सीठी
उधेड़-बुन है

बुना कुछ नहीं
अपना खोखल उधेड़ते हो

उच्चल दिगन्त ही
बुनावट उधेड़ता है

तान-बान
किरणों की तकली को
शून्य की भरावट से

अनबुन के तीर्थ घाट
कहीं जो निकल पड़ता
निष्कल की यात्रा में

मेरी भी डोर वहाँ
टूट कभी जाती है

बुनता हूँ

जयपुर, १९/४/२०१५

क्या किया सिद्ध ?

नदी पार
गिद्ध

भुक्तशिष्ट
विरस हड्डियों में
छीछड़ पा ही गया है

लौटता है

हर्म्य की अटारी पर
पतनशील
खण्डहर के बीच खड़ी
छतरी में

अनगुँथा है
सवा-डेढ़ टहनियों का
अब-गिरा-सा
घोंसला

जल रहा है धुआँधुआँ
गिद्ध-वंश का
प्रदीप

क्या सोचा, किया सिद्ध ?,
डूब डूब उतरे जो
बेतवा के
दूर
उन किनारों पर
विगतविद्ध

जयपुर, १/५/२०१५

मछली चढ़ी बबूल

जीव
जाने कहाँ का था
जलथल आकाश द्यौस्
कहीं लोक–बाहर का?

उभरा रसातल से
नदी के आलोड़न में
निर्हेतुक
उछल गिरा तन्त्रहीन

कहीं का न रहा

दंश अद्भुत है
अर्थहीन यन्त्रणा का
टीस की उलटबाँसी
मछली को ले चढ़ी बबूल

जयपुर, ५/५/२०१५

गोरख प्रेम

लहरों की गोद बहे
भँवर भँवर उलझ रहे
धार तले प्राण ढहे

प्यास है किनारों की

हाथों को नखरे से
ऊपर उठाये, त्रिभंग खड़ी
आँखों में हँस रही है
तरल शालभंजिका

हवा छाँह नींद स्वप्न
चिकना बुलावा है
मोह के किनारों का

मृत्य का भुलावा है

जस प्रवाह तस प्रवाह
धारा के चक्रक में
धारे अपना उबाह
नदी तले एक नदी बहती है

सानु सानु गगनप्राण
अटल धार निराधार
दुलराती लहू में उतरती है

गोरख, क्या प्रेम का छलावा है ?

जयपुर, २५/५/२०१५

बलि राजा पूछता है

एक ही छलाँग में तुम
देवता के तीनों पग
नाप गये

पाँव पड़ा
अपने सर
सीधे ढराव में
रसातल तक भाँप ढहे

वीर्य क्या दिखाते हो!
बलि राजा पूछता है
भरे तने ऐंठ रहे

रीतों का पन्था है
क्या दिया है, दे दोगे?

देवता के आगे
फिर काँप गये

जयपुर, ८/६/२०१५

लक्ष्मी की साखी

कहते हैं
मर के भी
मिटता नहीं स्वभाव

अभी
कुछ तो बचा ही हूँ :
पूरा पर बनिया हूँ

यहाँ इस अकेले में
दूसरा न हो
न सही

मैं तो हूँ।
लेन-देन मोल-भाव
आप से ही करता हूँ

लाभ क्या,
अलाभ किसे
पूछोगे ?

लक्ष्मी जगजानी सब
जानती है

साक्षी है

सामने ही
बैठी है—
उल्लू पर

जयपुर, १३/६/२०१५

ढूँढ रहे ?

वहाँ तो कहीं नहीं है
यहाँ मैं ही हूँ
कहाँ हूँ ?
पूछना ही धोखा है

ढूँढता हूँ

तीर–सा कहीं से आ
बिंध रहा है पाँव तले
कहता है, चलो
मगर चलने कहाँ देता !

घाव मगर जलता है
धधक रहा
चंचल शिखा आतुर
कहाँ कहीं जाने क्या
ढूँढती है

मिटती है

अपनी ही कसक के
अँधेरे में

ढूँढने से पाने से
उदासीन

झूरती है

जानती है

है कहीं
पर नेति ही समोती है

जयपुर, ७/८/२०१५

चलो साथ बैठेंगे

साथ वहाँ बैठेंगे

हम जहाँ हों
वहाँ बस आकाश हो

तुम कौन हो,
फिर पूछना क्या?

कौन हूँ,
मैं पूछने से तंग हूँ

जयपुर, १६ अगस्त, २०१५

काँटे सा फूल बिंधा रहता है

चाह खुभी रहती है

दूर दूर निकलूँ भी
भौंरा हूँ

काँटे सा
रोम रोम
फूल बिंधा रहता है

चाह चुभी रहती है

जयपुर, १६ अगस्त, २०१५

बुलबुलों में इस घड़ी

बुलबुलों में इस घड़ी
आकाश है
मछली निगलने जो बढ़ी

जयपुर, २१ अगस्त, २०१५

पाँव भी कहते नहीं

कहाँ से उठ
कहाँ जा बैठे कहीं
अब पाँव भी कहते नहीं

जयपुर, २१ अगस्त, २०१५

कुछ कह उठा है अँधेरा

मिट गयी है चाह
आँखें सो गयीं
कुछ कह उठा है अँधेरा

जयपुर, २१ अगस्त, २०१५

कहाँ से फिर

है तो सच कुछ भी नहीं
कहाँ से फिर
आ टपकता है लहू

जयपुर, २१ अगस्त,२०१५

छेड़ गयी

उड़ गयी है
मन की किस डाली को छेड़ गयी
फूलसुँघी

जयपुर, २२ अगस्त

मैं ता थैया

साँस है मेरी हवा
तिनके सँजोती गा रही पीपल तले
मैं ता थैया

जयपुर, २४ अगस्त, २०१५

ठूँठ

बीतने से कहीं पहले
रीत जायेंगे
यहीं है ठूँठ खड़ा

जयपुर, २५/८/२०१५

वहीं खड़ा, वही हूँ मैं

वहीं खड़ा, वही हूँ मैं
मेरी छाया ही
मुझसे आगे है

जयपुर, २५/८/२०१५

ढूँढना मत

है इन्हीं पत्तों में कहीं
ढूँढना मत
पंख हैं, आकाश है

जयपुर, २५/८/२०१५

मींड

कौआ लँगड़ा रहा है
काँव में डबडबा आयी
बिंधी मींड

जयपुर, २८/५/२०१५

उस कान जाती है चली

दूर भीतर से उमड़
इस कान आयी बात
लो, उस कान जाती है चली

जयपुर, २८/८/२०१५

सुन रहा था

चुप जो था
कुछ सुन रहा था
चुप तो अँधी डगर भी थी

जयपुर, २८/८/२०१५

तुम बचे

फेंक दो सारा कबाड़
तुम बचे
हम फेंक देंगे

जयपुर, २८/८/२०१५

दुबकना क्या

दिगम्बर हो
दस दिशाओं में खुलो
क्या सिकुड़ नंगापन छुपाना दुबकना!

जयपुर, २८/८/२०१५

तुम भी नहीं मैं भी नहीं

छेड़ती ललचा रही है :
वहाँ आओगे
जहाँ तुम भी नहीं मैं भी नहीं

३०/८/२०१५

फिर खो गया

पेड़ है बेजड़।
कहीं जड़ खोजता फिर खो गया
आपा तुम्हारा

जयपुर, ३/९/२०१५

राख राख अस्त व्यस्त

सोचा था व्यस्त हूँ, अगन जगी है
देखा तो राख राख
अस्त व्यस्त

जयपुर, ७/९/२०१५

जो बुलाता ही नहीं

उसी के घर जा रहेंगे
जो बुलाता ही नहीं

उसी की तो डगर पर हैं
पाँव पड़ते हों कहीं

देखता जो झरोखे से, कौन है ?
आँखें हमारी हैं वहीं

क्या भाँपती हैं वही जानें
बिंधा काँटा, फिर वहीं

मन के अचानक मोड़ पर
किन अँधेरों में घिर रहीं

भीतर अचम्भा फूटता है
क्या उसी दीवार की छाया तनी ?

ठोकर लगी गहरी, मगर उजली
चुभी क्या उसी चौखट की अनी ?

पाँव चुप हैं, चल रहे हैं
वही जानें क्या ठनी

जयपुर, १३/११/२०१५

तिर्यक्

कुछ भी कह डालो ना
शब्द का है वक्र उन्मन अन्तरिक्ष
बात
घुमड़ेगी घिरेगी
रूप तिर्यक्
सँवरता होगा विलीन

चुप रहा है कौन कब?
अब लगे सुर
या बिफर कर जा
चोरमिट्टी में धँसे

मैं हाथ पकड़े रहूँगा
भरसक तुम्हारा
पर शिथिल हूँ
रसातल की मूर्छना ही जागती है

जागती है हूक भी, 'निकलो'—
पहेली है अबूझ

बातों ही बातों में
उलझी रह जाती है

दिसम्बर, २०१५

आरोग्य नहीं

माना कुछ के भी योग्य नहीं
पर निर्ऋति का भी भोग्य नहीं

ऊपर की सीढ़ी जा बैठो
आकाश उठा भी लेता है

नीचे बैठे क्या पाओगे?
पर तुम्हें कहीं आरोग्य नहीं

दिसम्बर २०१५

दुर्निवार

जागती चट्टान पर सोया रहा

जिन धमनियों में नाचता
उच्छवास लेता है लहू
मेरी नहीं
पर काँपती चौंकीं मुझी में
दुर्निवार

तडित् सी आ बिंध गयी
उतली उजास
उसी की अँकवार थामे है
तुम्हें

आकाश की आँखें खुलीं
अब उड़ चलो
आपा तुम्हारा
अब तुम्हारा है नहीं

जयपुर, २४/३/२०१६

आकाश अचानक झुका देख

कवि हूँ।
चाहो, कपि ही कह लो :

मैं झूमझूमता डाल डाल
पत्ते पत्ते पर आँक रहा
उजली उँगली की रेख

उमगी छलाँग
फुनगी है मेरे हाथों में
आकाश अचानक झुका देख

जयपुर, २४/३/२०१६

उड़ गयी आगल हवा की

साँस ने चुपके सँजोया
आज आँधी की झपट में
कौंधता है

कहाँ ले जा कर तुझे
औंधा गिरा दे
किस गगन के निरालम्बी तुंग से।

उड़ गयी आगल हवा की
द्वार बिखरा

खुल गया मैं
खोलता कुछ भी नहीं

जयपुर, २२/४/२०१६

लहलहाती चहकती चुप

पेड़ों की चिड़ियों की
लहलहाती चहकती
चुप

कान ने देखा
सुना चुप आँख ने

जयपुर, २२/४/२०१६

पास ही हो

आँख ने देखा नहीं
पर पास ही हो
पुलक ने देखा अभी

जयपुर, ८/५/२०१६

यहीं बिछने दो मुझे

आँख का पन्ना
चमकती दूब
किस आँगन खड़ा हूँ!

नीम का आकाश
घट है
भर गया हूँ

छलकता हूँ
समूचा ही
यहाँ बिछने दो मुझे

जयपुर, २८/५/२०१६

साँस

चुप हुआ मैं।
साँस कुछ कहने लगी है।

कान, पर, सुनता वही है—
वही कोलाहल
हवा का
सूखती किन झाड़ियों में, कँटीली

अब रेत पर ही लोटते कब तक रहोगे?
नदी जागी है
सजल है फिर बुलावा
बाढ़ का पारस त्वचा पर
पंख का संदेश है

डूबने दो किनारों को
लहराता है अन्तरिक्ष
उड़ चलो
इन हवाओं में धक् तडित् की
कौंधती है साँस

जयपुर, ३०/५/२०१६

हूक

लगता है, चलते हो
उजले प्रशस्त
ऋजु राजपथ पर।
आगे प्रासाद खड़ा।

लगता ही है।
देखो,
दौड़ रही रग रग में
पाँवों की कुटिल बाँक

अभी वहीं मुड़ लोगे
उन्हीं जटिल गलियों का अंधकार!
वहीं की तो हूक है,
चलाती है

जयपुर, ५/५/२०१६

फुदकी है

खिड़की के बाहर ही
मोगरे की झूल झूल टहनी पर

फुदकी है

नन्हीं सी चोंच चली
काँच खटखटाती है

मुझे ही बुलाती है
जानता हूँ

काम क्या, न पूछियेगा
काम का मैं आदमी भी नहीं

खेल सूझा है
पत्तों में जा छुपी है

ढूँढ लूँगा
उड़ लेगी

उड़ लूँगा संग संग

उसका आकाश यहीं
भीतर आ उतरा है

जयपुर, २२/६/२०१६

छल ही सही

छाँह में तुम
आ छुपे हो

सोचता
मैं चल पड़ा हूँ

कुहक ही फिर
बुलाता है जानता हूँ

छल सही
पर तुम्हारा है तो

तुम्हारी ओर ही हैं
पाँव मेरे

जो मिलेगा अनमिलेगा
तुम मिलोगे

जयपुर, १३/७/२०१६

बूँद आ टपकती है

छिद्रहीन घर है
पर बूँद आ टपकती है
सारा आकाश लिये
कभी कभी

पलकों पर गिरी आज
पुतलियों को आँज गयी
आँखों को कहाँ लिये जाती है
उड़ी उड़ी

नेत्रहीन मैं उन्हीं दीवारों की
टक्कर में घिरा गसा
थाली का बैंगन लुढ़कता हूँ
वहीं वहीं

आप में समायी है आँख
कहाँ ढूँढूँ, किन आँखों से ढूँढूँगा

सूर्य की आँखें लिये
आ बूँद टपके
आँख हो काया त्वचा दीवार घर
कण कण सभी

जयपुर, २६/७/२०१६

दुहिता आकाश की है

खेलते हो, खेल रहो
नन्हीं बयारों से
भूलना मत, मीठे थपेड़ों के पीछे ही
आँधियों की चण्डिका है

बिफरे तो आधे ही झोंके में
बटखरों समेत तुम्हें
सारा पसारा तुम्हारा घर बाहर का
हवा उड़ा देती है

आपे में लाती है।
फिर जो न झोंक रहो
केवली को उसी पन्थ
हाथ बढ़ा देती है

दुहिता आकाश की है
ले चलेगी वहाँ
जहाँ चलना ही पन्थ
पन्थ का अमोघ अन्त भी है

जयपुर, २६/७/२०१६

नाच रहो तुम विदेह

कैसा मुखौटा टटोलते हो?
शिष्ट बने बैठोगे?

ठप्पा सयानों का क्या होगा
किसको भुलाना है!

विशृंखल आ रही है
तुम कुछ सँवार दोगे, चाह नहीं

पागल हो
जानती है

ढूँढती है सरबस
बिखरने का अलख छन्द

नाच रहो तुम विदेह
अनहोना वही फंद

छितरेगा छायेगा
विस्मित-सा विनिष्पंद

आलिंगन अकस्मात्
गुँथ रहा अनंग बँध

जयपुर, ३०/७/२०१६

बन्द आँखों में खुला मैं

पौ फटे
आँखें मुँदीं
अब कहाँ सूरज

आँख में है
सूर्य
मैं जो अस्त हूँ

जिन अँधेरों में
खड़ा हूँ
वहीं सूरज

डूबने दो आँख
भीतर
उगा सूरज

खोलता है आँख
चारों ओर
सूरज

बिंध रहा आकाश
सूरज

डोर है

बन्द आँखों में
खुला मैं
खुला सूरज

जयपुर, १४/९/२०१६

मैं हवा हूँ पन्थ की

खो गया था
दूर अपने आप से।

अब वही है संसार मेरा।

कहाँ का हूँ,
पूछता हूँ हवा से

'तुम यहीं के हो'।

और क्या बोले हवा
है वहीं की तो।

मैं हवा हूँ पन्थ की
किन बीहड़ों का यक्ष निर्जन
साँस में है

पाँव में चक्रक पुराना
चल पड़ा बरबस कहीं।

पर जानता है
नया कुछ भी नहीं है संसार में

हो कहीं भी।

मैं भी कहीं का हूँ नहीं।

जयपुर, १८/९/२०१६

एषणा

युग बीता है।

मुझे रीता कर गया।

किस डाल पर था बसेरा! किस पेड़ की?
जब जंगलों को ही उड़ा ले गयी है
उजड़ी हवा।

पर बिखरते इस पंख का पन्ना हरा है
झलकता है वही इंगित
अटल का, सावन हरा।

अब कहाँ ले जा रही है
एषणा
जो
सो रहे शिशु के सहज स्मित
पुलक के पुट जागती है

किसे पूछूँ

जयपुर, १/११/२०१६

अकारथ क्या कह रहा क्या कर रहा

कहाँ टपका
कहाँ उभरा
कहाँ की गठरी लिये जंजाल की

धरती कहाँ
आकाश भी गुम है जहाँ
गठरी उतारूँगा कहाँ

मैं अचल भी चंचल निरा
नाहक अकारथ
कह रहा क्या कर रहा

करनी कही
मैं समूचा
तो उसी गठरी में पड़ा

जयपुर, २७/११/२०१६

अग्नि

तुम हटो
आसन उधर हो
देवता को बैठने दो
अग्नि होता अग्नि हवि
जब अग्नि का आह्वान है

जयपुर, २७/११/२०१६

मौन-प्रण / मेरा पराया आत्मपन

जिन बादलों की ओट हैं किरणें
उन्हीं में जन्म लेती है
किरण

जब प्राण की उद्वेजना के गर्भ में
आकाश का शिशु
नीलघन

निष्कंप उद्दीपित शिखा
चल-भ्रमर में अविचल तडित्
आलोकधन

उस लौ चमकता है उजाला
अँधेरे की गुहा में
पाषाण बन

बैठा वहीं चट्टान पर
तू कौन है, मेरा पराया
आत्मजन

मैं ढूँढता हूँ किसे
तेरा गूढ़ इंगित कह रहा है

मौन–प्रण
निर्बोध हूँ मैं मुग्ध निश्चेतन खड़ा
क्या वहीं आ बैठूँ, बिछा लूँ
वहीं आसन?

जयपुर, २९/११/२०१६

एक पत्ता

जिस ठिकाने मूक हूँ मैं
वहीं उभरी वाक्।
क्या बोलूँ?

उभरता अटल बरगद
एक पत्ता झाँकता है निडर अनहोना
खड़ी दीवार से

कब तोड़ देगा
हंस आ किस डाल बैठेगा
कहेगा अनकही

मैं जानता हूँ
कहूँ क्या पर

जयपुर, १/१२/२०१६

घर कहीं हो

घर कहीं हो
उधर मुड़ लो
जिधर से आयी पुकार

जयपुर, १/१२/२०१६

खच्चर

काया की खच्चरी पर
ले चलोगे क्या क्या धर
पर्वत के उधर
जहाँ सोचते हो गाहक उदग्र खड़े

चाह–भरे।
चाह पर तुम्हारी क्यों
सूरज की चोटी चढ़
चाहती है धूल उतर

उन्हीं मलिन बस्तियों में
मिट रहना।
जिस लपट ने ऊपर उठाया है
ले चलेगी और परे

सूरज के संग पला
खच्चरी का वर कलेवर

ले चलोगे कैसा तुम
टाँडा भर

जयपुर, ९/१२/२०१६

बिल्ली के भाग

टूट गिरा छीका
पर छत भी सर आ गिरी है
बिल्ली के भाग

जयपुर, १५/१२/२०१५

निष्कारण

नहीं, कोई पहचान नहीं,
अनदिख है
कौन खड़ी चाकू पर
चढ़ा रही धार

मैं वहाँ नहीं हूँ,
पर रोम रोम जानता हूँ
चाकू का मुझ पर ही
होगा अब वार

जयपुर, १९/१२/२०१६

भानमती

गट्ठर पुराना है

खोखल के अनगिन सलाखों से
गड्मड् भरा है

कब भानमती देवी ने
चीथड़ों से कस ठसा है
वही कहे
मैंने सर धार लिया
सर वही है अब मेरा
बिंधता हूँ
छेद छेद होता हूँ बार बार

गट्ठर उतार कहाँ पाता हूँ

हाथ मैं उसी के हूँ
भानमती जानती है

किस हवा की आँधी में
गट्ठर हवा होगा
ठानती है

पाँव कभी रखने नहीं देती
उधर मुझे

जयपुर, १३/१/२०१७

किस उधेड़बुन में था

किस उधेड़बुन में था
तार तार बिखर गया

उड़ता हूँ अब किन किन
हवाओं में छया छया

उमड़ बहा सिमट दहा
लहर तमक सिहर तया

सोचने के पचड़ों से
तुनक गया उखड़ ढया

दूर निकल पास ठया
पल पल हूँ नया नया

बात अब बनी है जब
डोर डोर उधड़ गया

जयपुर, १७/१/२०१७

सच सपना था?

उड़ता है कौन
किस विचित्र यन्त्र को लिये
सुरों की आँकबाक में

सभी की आँख में उड़ान भरता है
पैंतरों में उलटपुलट
अचरज की नयी नयी तानों में

मैं यहाँ निषाद में उलझ रहा
न जाने राग कौन सा
विषाद में उतर घिरा

किसी की आँख में नहीं हूँ
दीन करुण कुंठ
तुम्हें देखता हूँ

आँख वहीं उड़ रही है ऊपर
तुम्हारी भी
दूर वहीं यन्त्रमुग्ध

चेन्नई, ११/२/२०१७

कहीं रहो

बात कहीं आने
या जाने की नहीं कभी
बात उलटबाँसी है, कहीं रहो

जयपुर, ४/३/२०१७

नैवेद्य

दूर दूर जाते हो
लौट वहीं आते हो
उन्हीं झरे फूलों की माला ले

किसको चढ़ाते हो ?

२/४/२०१७

आकाश पथिक

जहाँ खड़े हो
वहीं पन्थ की जड़ें हैं
खड़ा देवदार

जयपुर, ४/४/२०१७

कहाँ का आज है तिनका

जिधर हवा
न उधर उड़ा
कहाँ का आज है तिनका

चेन्नई, २६/५/२०१७

कुछ पुरानी फ़ाइल से

ताड़ लिये पंख

टेबल पर काँच तले
किस किस के कार्ड
धूल चाट रहे

कब से पड़े हैं
कभी देखता भी नहीं उधर
सोचा था कभी कोई काम...

कार्ड मुझे आप भी क्या दीजियेगा?
रक्खूँगा कहाँ उसे?
आपसे मुझे कोई काम नहीं।

देखते हैं बाहर आकाश?
मगर पंख नहीं दिख रहे हैं आपको
जो मुझ पर उग आये हैं

आप के तो मैंने
ज्यों देखा त्यों ताड़ लिये

चलियेगा, बाहर निकलते हैं

जयपुर, १०/६/९९ | ७/७/२०१३

प्रश्न

सारा सामान उठा ले गये हैं लोग
एक अदद आदमी बचा है
उसे कौन अब उठायेगा?

आदमी है आदमी उठायेगा
कौन मगर?
यही तो सवाल मुझे घूर रहा

जयपुर, १९९९ | ८/७/२०१३

चितवन

आँखों में उँगलियों की
चितवन है
छू कर पहचानती हैं

आपने तो हाथ भी
मिलाया था

जयपुर, १९९९ | ८/७/२०१३

गोचर

तन से है ठीक ठाक
मन की मत पूछियेगा
सड़क पड़ा पत्ता हवाओं का
कितने बगूलों में घूम घूम
वहीं लौट आता है

आँखों में कभी मगर
पौ सी फट जाती है
किरणों के गोचर में
ओझल हो जाता है

जयपुर, १९९९ | ८/७/२०१३

पानी की आँख / तुलसीदास

नदी पर उफान
पार लगना है
कैसे ? ये सूखे ही सोचेंगे
पानी में हम पानी
पार निकल जायेंगे

बाढ़ जहाँ उतरी है
अपना समुद्र साथ लायी है

जयपुर, ९/५/९९ | ८/७/२०१३

ऋण

आँखों का भी तो कुछ ऋण होगा
किसे देखने का संकल्प करूँ?

उधर डाल आ बैठी
पत्तों की आड़ छुपी
चिड़िया पुकार रही

ढूँढती है आँख उसे
नन्हीं सी अहा सभी आँखों का रंग लिये
देखता हूँ निर्निमेष

उऋण हुआ?
ऋण में क्यों निष्पलक
कसकता है प्रश्न,
कहीं और नहीं देखना था?

उऋण कौन होता है?

जयपुर, १०/५/९९ | ८/७/२०१३

भैरव ठिठोली

मैं चित पड़ा
मुझ पर खड़ा भैरव
ठिठोली नाचता है

आज उसी सपने के साथ
उचट गयी नींद

नंगा हूँ। मैं उलंग।
कपड़ों का नाम नहीं

बिना भस्म नागा, दिगम्बर मैं
संन्यासी

निराकार ढूँढता है मेरा
उदग्र बहरूपी अब
रूपों से वीतराग

लज्जा क्यों उमड़ रही रोम रोम?
औरों के कपड़ों पर गड़ी आँख
(किसने क्या पहना है!)।
अपनी ही काया के पीछे
क्यों दुबक रहा?

नागा समझ बैठा
नंगा हूँ

भैरव ठठाकर
ढकोसला उधेड़ रहा

जयपुर, २१/१२/९९ | १३/७/२०१३

पतझर

पतझर का धूपरंग
केसर–कत्थई रँगी
कौवे की काँव

डीट्रॉयट, अक्टूबर १९९९

पानी का मोह

लहरों की करवट से
जागता है बुलबुला जो
पल भर आकाश निगल लेता है

किस करवट फट रहेगा
पानी का मोह

डीट्रॉयट, उन्हीं दिनों; जयपुर, १३/७/२०१३

समीक्षा

कविता क्या रचूँ?
कभी आप को ही रचती है।

थोड़ी समीक्षा ही रचता हूँ चलो आज
किस पर? किसी पर भी नहीं जैसे कविता
खड़ी जब भी होती है
अपने ही कन्धों पर होती है

देख रही आँखों को देख रहा
ईक्षा में आया कुछ?
देखदेखदेख नहीं कुछ नहीं है
दर्पण के भीतर भी कोरा ही दर्पण है सुनसान
एकतान

आप चले आये हैं
बच निकला
आप की ही आँखों में जागेगी आँख
चौंक देखेगी
सागर पर टपक रही सात बूँद

जयपुर, १८/४/२००० | १३/७/२०१३

साख

(१)

भाषा की ड्यौढ़ी का
संतरी हूँ

बारहखड़ी के आँक जाँचूँगा
रेखा को सही साध
लिख दोगे?
नहीं तो उस भीतर की चौखट तक
पहुँच नही

कविता? हाँ, कहते हैं
भीतर तो कविता ही रानी है

होगी भ
देखी तो नहीं कभ
नाम कभी झींखता सा लेता है
वेतन जो देता है
लिपि में कर जाता है उलटफेर
बाँक धाँख उखड़ाप
आप दुख

मुझे भी सताता है
ये क्या है, पूछूँ तो
कहता है, भीतर से कोई उकसाता है

जो भी हो
कविता तुम भीतर ही जा करना
यहाँ अभी लिपि की लिख धरो साख
रेखा जो तिल भर भी चूकी तो
धर लूँगा
अटल चतुर अनुभवी हूँ
सन्तरी पुराना हूँ कविता की ड्योढ़ी का

(२)

मैं जो इधर
रेखा ही आँकने को बैठा तो
रेखा की साँसों में जा डूबा
देखा तो उसकी भी ड्योढ़ी है
सन्तरी वहाँ भी पुराना है
पहले में ओझल है भीतर का भेद

(३)

क्योंकर अब किसके घर
पैठ रहूँ?
सन्तरी के पहरों से दूर
कहीं बेघर कुछ देखा है
यायावर!

जयपुर, १६/६/२००० | १३/७/२०१३

छत वही मेरी तुम्हारी

घर देखते हो, बटोही

पर खड़े क्यों हो
आ रहो

बाहर जहाँ से
सर बचाते आ रहे हो
वहाँ पागल हवाओं में बिफरती
आकाश-छतरी

छत वही मेरी तुम्हारी
अतिथिवर

जयपुर, २००० | १३/७/२०१३